LIA
ET
LE NU-MAINS

collection libellule

sous la direction de
Yvon Brochu

R-D création enr.

DE LA MÊME AUTEURE

Chez Héritage :

La revanche du dragon, 1992

Un voyage de rêve, 1993

Les cartes ensorcelées, 1993

C'est pas tous les jours Noël, 1994

Chez d'autres éditeurs :

Micha au grand magasin,
  éditions Pierre Tisseyre, 1990

Micha et la visite,
  éditions Pierre Tisseyre, 1991

Mozarella, éditions Pierre Tisseyre, 1994

LIA
ET
LE NU-MAINS

Danielle Simard

Illustrations
Philippe Béha

Données de catalogage avant publication (Canada)

Simard, Danielle, 1952-

Lia et le nu-mains

(Collection Libellule)
Pour les jeunes.

ISBN : 2-7625-4060-7

I. Titre. II. Collection.

PS8587.I287L52 1994   jC843'.54   C94-940935-9
PS9587.I287L52 1994
PZ23.S53L52 1994

Conception graphique de la couverture : Flexidée
Illustrations couverture et intérieures : Philippe Béha

© Les éditions Héritage inc. 1994
Tous droits réservés

Dépôts légaux : 4e trimestre 1994
Bibliothèque nationale du Québec
Bibliothèque nationale du Canada

ISBN : 2-7625-4060-7   Imprimé au Canada

LES ÉDITIONS HÉRITAGE INC.
300, Arran, Saint-Lambert (Québec) J4R 1K5
(514) 875-0327

À mes parents,
Aline et Georges.

Lia et le nu-mains

C'est moi, Lia, petite princesse des fées, qui écris ce livre. Je l'écris pour vous, mes amis fées et sorcières, lutins et ogres du royaume de Saugrenu. Ce que vous lirez ici vous paraîtra sans doute incroyable. Mais je vous jure que c'est la vérité.

Mes amis, il existe un autre monde que celui de Saugrenu !

Un monde, où l'on montre ses mains nues. Un monde, où l'on voyage grâce à des boîtes qui envoient de la fumée. Un monde, où l'on mange les animaux. Et où il n'y a même pas d'oisours.

Je le sais, car un habitant de cet étrange royaume est venu chez nous.

Un nu-mains!

Imaginez! j'ai pu lui parler. Oh! seulement quelques minutes! Mais il m'a appris des choses extraordinaires. Des choses que je décris dans ce livre, avec mes mots et avec mes dessins.

Mes amis, voici l'histoire de cette étonnante rencontre.

Chapitre 1

Le trou

Il fait beau. J'en profite pour me promener à la campagne, à dos d'oisours. Ma mère, la reine Tia, m'a préparé une délicieuse collation. Juste d'y penser, j'ai tellement faim que je ne peux plus attendre. J'atterris tout de suite.

J'ouvre mon sac. J'étends la nappe sur l'herbe, à l'ombre d'un chêne énorme. Je sors ma boule-verseuse de bave de crapouille, mes œufs de dragotruchons farcis aux crottes de lapichiens et mes affriolants petits gâteaux à la morve verte de chachouette. Inutile de vous dire que j'en ai l'eau à la bouche !

C'est la belle vie. Mon brave oisours se repose les ailes et se dégourdit les pattes en gambadant un peu plus loin. Le vent me souffle les parfums des collines en fleurs et fait chanter les feuilles au-dessus de ma tête.

Quel arbre magnifique ! Mais il faut que je fasse attention, parce qu'il y a un large trou, entre les grosses racines. Un trou noir et...

Là... là... là ! Sur le bord du trou. Des mains. Des mains NUES ! Quelle horreur ! Je me cache les yeux en poussant un long cri :

— Aaaaaaaaaaaaaaaaaaaaaaaaah !

— Pourquoi tu cries comme ça?

Je regarde entre mes doigts. Les mains nues appartiennent à un petit garçon qui se hisse hors du trou. Quels curieux habits! Je recule en balbutiant:

— Où... où as-tu mis tes... tes gants?

— Quels gants? On est en été.

— Et puis après? C'est bizarre, tu n'as pas l'air d'un lutin, toi, ni d'un ogre...

Le garçon écarquille drôlement les yeux. Puis il baisse la tête, s'examine et dit en riant:

— Tu as raison: je n'ai pas l'air d'un lutin, ni d'un ogre, ni d'un extra-terrestre, ni d'une pointe de tarte aux pommes, ni d'une paire de...

— Mais t'es quoi alors ?

Très bizarre, cet enfant ! Le voilà qui fait tourner un doigt près de sa tempe et qui me lance :

— Ça va pas, la tête ? Je suis un humain, comme toi.

— Pardon ! je ne suis pas un numains, comme tu dis. J'ai des gants, moi !

— Ça, on ne peut pas les manquer !

Un petit rire s'échappe des lèvres du garçon, puis se met à grossir et à grossir. Le vipérat ! Pour qui se prend-il pour rire de moi comme ça ? S'il n'arrête pas tout de suite, je lui donne un coup de pied !

Bon, il se calme enfin. Même qu'il commence à regarder autour de lui et semble de plus en plus inquiet.

— Pourquoi tu es déguisée? me demande-t-il soudain. Une fête?

— Mais c'est toi qui es déguisé!

— Moi?

— Oui, toi. Et puis, qu'est-ce que tu faisais dans ce trou?

Le garçon ne m'écoute plus. La bouche ouverte, il fait quelques pas à reculons tout en observant le gros arbre.

— Ça alors... finit-il par murmurer.

— Quoi encore?

— C'est... c'est notre arbre... Mais pourquoi il n'est plus dans notre champ?

Comment veut-il que je réponde à ça? De toute façon, il n'attend pas ma réponse. Il se jette à quatre pattes dans les fleurs et continue à délirer:

— Jamais vu ça... des marguerites roses à pois verts. Mais... mais, on est où, ici?

Ce coup-ci, je peux répondre:

— À Saugrenu, voyons!

— Sau quoi?

— GRENU! Là, c'est à ton tour de répondre à ma question. Qu'est-ce que tu fabriquais dans ce trou?

— Bien... Chez nous, à la ferme, il y a un chêne au bout du champ.

Celui-là! A... avec le même trou entre les racines...

Le nu-mains arrête net de parler, les yeux fixes et le doigt tendu vers le trou.

— Et puis après? que je lui crie.

— Heu, j'y suis allé, dans le trou. C'était comme un tunnel. Je l'ai suivi, à quatre pattes. Ça descendait. Puis, tout à coup, ça s'est mis à remonter. Encore et encore. Tellement, que j'ai remonté beaucoup plus que je n'avais descendu. Mais je ne ressortais pas dehors. Je n'y comprenais rien. Et maintenant que je suis enfin sorti, je ne comprends toujours pas...

— Moi non plus, si tu veux savoir.

— Aaaaaaah! là, dans le ciel! Un monstre qui se jette sur nous!

— Mais arrête! C'est mon oisours.

— Ton ton ton ton quoi?

Le nu-mains recule en bondissant. Une vraie kangazelle en marche arrière! Et le voilà qui se prend les pieds dans les racines du chêne. Il bascule dans le trou! Ouf! je l'attrape par les chevilles, juste à temps. Et je le tire dans l'herbe de toutes mes forces.

Le pauvre garçon se retrouve couché sous moi, plus blanc qu'un œuf de serpoule. Peut-être que je commence à comprendre. Mais je n'arrive pas à y croire. Je m'assois à côté de lui et je dis:

— Moi, je suis une fée. Et toi? Tu es un nu-mains? C'est ça?

On dirait qu'il va pleurer. Moi aussi, je crois.

Chapitre 2

Les zotos

Pour un choc, c'est un choc. Pas plus tard qu'il y a cinq minutes, je ne savais même pas qu'il existait des nu-mains. Et là, il y en a un, juste à côté de moi. Mon oisours vient le renifler. Et le drôle d'enfant se met à trembler comme une feuille de ressortilège au vent.

— Tu n'as jamais vu d'oisours? que je lui demande.

— Y a pas d'oisours chez nous.

— C'est incroyable! Vous voyagez à dos de quoi, alors?

Le nu-mains semble surpris par ma question. Il réfléchit un moment avant de répondre:

— Heu, on a des chevaux...

— Des chevaux? C'est quoi?

— Oh! ce sont des animaux, un peu comme des oisours! Mais sans ailes, et avec des oreilles pointues, des grandes dents, une crinière, un museau.

— Une crinière, un muzo?

Une crinière, m'explique-t-il, c'est comme des cheveux longs. Un muzo, comme un gros nez.

Vous imaginez ça?

Et puis, il y a plus renversant encore! Le nu-mains me dit que, dans son monde, on ne voyage presque plus SUR des chevaux. Non, maintenant on préfère voyager DANS des zotos. À l'intérieur!

Je sais que ça paraît fou. On ne peut pas entrer dans un oisours. Mais les zotos, c'est différent. Parce qu'elles ne sont pas des animaux. Non, elles sont des sortes de boîtes, dans lesquelles on peut mettre quatre ou cinq personnes. Et elles avancent toutes seules. Sur des roues!

Les zotos ont des portes et des fenêtres. Elles vont très vite. C'est bien. Mais, par contre, elles font beaucoup de fumée.

— Et elles ne volent pas ? que je demande.

— Non, pas les autos. Pour voler, on a les avions.

Des zavions, m'apprend le numains, il y en a de toutes les grosseurs. Des petits, des moyens, et des très grands. Dans ceux-là, on peut faire entrer beaucoup de personnes. Des centaines !

Les grands zavions sont comme de longs tuyaux avec plein de fenêtres. Naturellement, ils ont besoin d'ailes pour voler. Et ils vont très très vite.

— Est-ce que les zavions font de la fumée, comme les zotos?

— Heu... oui.

Je n'en reviens tout simplement pas.

Chapitre 3

Le laid

Des boîtes qui avancent toutes seules, des tuyaux qui volent... Je suis tellement étonnée que je ne trouve plus rien à dire. Je reste là, à contempler mon pique-nique.

— Comment tu t'appelles? me demande le nu-mains.

— Lia, et toi?

— Philippe.

— Tu veux un peu de bave, Filip? lui dis-je en prenant ma boule-verseuse. Pourquoi tu fais la grimace? Tu n'aimes pas la bave?

— Je ne le sais pas, si j'aime ça. Et tu peux être sûre que je ne veux pas le savoir!

— Tu n'as jamais bu de bave de crapouille? Mais qu'est-ce que tu bois alors?

— Bah, ce que je préfère, c'est le lait.

Le laid? Quel drôle de nom! Est-ce que j'ai bien entendu? Pour en être certaine, j'insiste:

— Tu bois du laid, c'est ça?

— Bien oui, du lait de vache... Est-ce que vous avez des vaches?

C'est fou ce qui peut exister, sans même qu'on s'en doute. Des vaches, maintenant!

Filip m'apprend que les vaches sont des animaux. Comme les chevaux, mais sans crinière. Le plus important, avec les vaches, ce sont les tuyaux qu'elles ont sous le ventre. Quand on tire sur ces tuyaux, il coule du laid.

Le laid est donc une sorte de jus de vache. Il est blanc et les enfants nu-mains en raffolent.

Blanc, c'est bizarre pour une boisson, mais ce ne doit pas être si laid... Je veux en savoir plus :

— Pourquoi vous appelez ça le laid ? C'est pas beau ?

— Bof...

Quelle réponse ! Aussi bien passer à autre chose. Et puis, j'ai faim.

— Veux-tu un œuf farci aux crottes ? que je demande poliment à mon visiteur.

— Non, merci. Mais ne te gêne pas pour moi.

Pour sûr que je ne me gênerai pas. Miam ! La bouche pleine, je lui lance :

— C'est bon, tu sais! Alors, chez toi, qu'est-ce que vous mangez?

— Heu, surtout de la viande...

— C'est quoi?

— Comment t'expliquer ça? Bien, on tue des animaux, on les découpe en morceaux, on les cuit et on les mange.

Ça ne se peut pas! Les cheveux m'en dressent sur la tête. Et puis, mon oisours n'est pas sourd! Le voilà qui bat des ailes, si affolé qu'il en perd ses plumes et ses poils. Je dois lui caresser la tête pour qu'il arrête de gémir. Le nu-mains, lui, a l'air tout surpris. Alors, je dis à mon oisours:

— Peut-être que nous avons mal compris, mon gros coco. Hein, Filip? Vous ne mangez pas des animaux, quand même!

— Bien oui. Pas vous?

Mon oisours pousse un cri. Moi aussi :

— Aaaaahhh! mais c'est horrible! Et tu trouves le moyen de lever le nez sur mes crottes! Est-ce que vous vous mangez entre vous, tant qu'à faire?

— Bien non. Calme-toi. Et puis, nous ne mangeons pas de tous les animaux. Tiens, si tu ne me dis pas avec quoi ils sont faits, je vais prendre un de tes petits gâteaux verts. Ça te va?

— Marché conclu.

Chapitre 4

L'invitation

— Tu peux prendre le dernier gâteau. Moi, j'en mange presque tous les jours.

— Mmmmm, merci !

Je le savais qu'il aimerait ça. La morve verte de chachouette, y a rien de meilleur au monde. Du moins, dans le nôtre. Mon nu-mains se lèche les doigts en me dévisageant bizarrement.

— Comme ça, tu es vraiment une fée ? me demande-t-il.

— Qu'est-ce qu'il y a de si extraordinaire à ça ?

— Je pensais que les fées n'existaient que dans les livres.

Les nu-mains ne sont peut-être pas aussi intelligents que nous... Comment peut-on raconter des choses aussi idiotes que celle-là ? Je vérifie :

— Et tu peux me dire comment on fait pour vivre dans un livre ?

— Justement, c'est impossible ! Quand on existe seulement dans les livres, c'est qu'on n'existe pas pour vrai.

— Moi, j'existe pour vrai.

Filip touche ma joue avec ses doigts nus. Si ma mère voyait ça! J'en frémis. Lui, il sourit et déclare :

— On dirait bien que tu existes, en effet. À moins que je me réveille... Je peux voir ta baguette ?

— Ma quoi ?

— Ta baguette magique. Bien voyons ! Ta baguette pour faire apparaître et disparaître les choses.

Ça, c'est la meilleure ! J'en tombe sur le dos. Vraiment ! Et je ris un bon coup.

Pauvre Filip ! Il a les yeux plus ronds que des ballons de rouletaboule. Je décide d'être plus gentille et je lui apprends qu'à Saugrenu on ne fait rien disparaître d'un seul coup. À part les petits gâteaux, en les mangeant. Et c'est à peu près tout.

Mais, chez lui, c'est peut-être différent. Il a bien dû prendre cette
idée-là quelque part... Alors, je le
questionne :

— Tu as une baguette comme ça,
toi ?

— Non, mais je croyais qu'ici...

— Et chez toi, vous pouvez faire apparaître ou disparaître des trucs ?

Mon nu-mains réfléchit un bon moment, puis il s'exclame :

— Oui ! Avec un contrôle à distance, on peut. D'une certaine façon.

Encore un bidule complètement fou ! Filip me le décrit comme une petite plaquette, toute couverte de boutons. Il dit encore qu'il suffit d'appuyer sur un de ces boutons pour faire apparaître ou disparaître des choses à l'intérieur d'une boîte. Une boîte avec, sur le devant, une sorte de fenêtre. Ça s'appelle une télévitron ou une télébouton, je ne sais plus trop. Filip prétend que ce n'est même pas une boîte magique. Et après ça, il s'étonne :

— Tu n'as pas l'air de me croire.

— C'est difficile à croire, aussi.

— Tu n'as qu'à venir avec moi et tu verras bien! Mon monde est juste au bout du tunnel. Par ce trou, ce n'est pas loin.

— Je verrais les zotos, les vaches, la télémachin et sa plaquette magique?

— Bien sûr!

— Il faut que je prévienne mes parents.

— Mais non, tu reviendras tout de suite.

Chapitre 5

Sauvée de justesse

J'ai un peu peur d'aller dans un monde étranger. Mais c'est si tentant que j'en oublie d'être prudente.

Je ramasse les restes de mon pique-nique. Je demande à mon oisours de m'attendre sagement. Je suis prête à partir ! Mais, soudain, un grand cri tombe du ciel :

— Liaaaaaaaaaaaa !

Je lève les yeux. C'est un de mes oncles ogres qui fond sur nous avec son oisours. Je n'ai même pas le temps de me retourner que le numains disparaît dans le trou. Je l'entends galoper dans le tunnel. Il ne m'a pas attendue !

— Filip ! Filip !

Penchée au-dessus du vide, je l'appelle à pleins poumons. Je veux qu'il revienne.

— Lia, recule ! hurle mon oncle.

Et le voilà qui saute de sa monture en plein vol, m'empoigne le bras et m'éloigne du trou en courant.

— Qu'est-ce qu'il y a, mon oncle ?

À son tour, mon gros et grand ogre d'oncle frissonne comme une feuille de ressortilège au vent. Il a

les yeux écarquillés. Et, sous ses poils hérissés, il est tout blanc.

— Mais, petite malheureuse, finit-il par articuler, c'était... c'était... avec toi...

— Un nu-mains, mon oncle !

Ma foi, il va s'évanouir.

— Je n'arrive pas à le croire, murmure-t-il.

— Moi non plus. Tu savais qu'ils existaient, toi ?

— Pas pour vrai... Je croyais qu'ils étaient juste des inventions de ma vieille arrière-grand-mère.

Le pauvre ogre se frotte les yeux, comme pour se réveiller, puis il reprend :

— Quand j'étais petit, elle répétait tout le temps : «Sois sage, sinon le nu-mains va venir te chercher. Et il va t'enfermer dans son livre!»

— Bien voyons donc! On ne peut pas vivre dans un livre.

— C'est bien ça le pire! Vite, éloignons-nous de ce trou. Vite! Il faut avertir ton père, le roi.

— Mais...

— Y a pas de mais, petite. Ça presse!

Mon oncle est mouillé de sueur. Il est si énervé qu'il a du mal à enfourcher son oisours.

Alors, sans chercher à comprendre, je l'aide. Puis, je saute sur ma bête.

— En avant! crie mon oncle.

Comme deux fusards enflammés, nous filons jusqu'à Ficti, notre fière cité, capitale du royaume de Saugrenu.

Chapitre 6

Ficti en détresse

Nos oisours ont à peine posé la patte sur la terrasse du château que mon oncle s'élance vers la grande salle en criant :

— Tio ! Tio ! Alerte ! Alerte générale !

Tio, c'est son frère et c'est aussi mon père, le roi. Le voilà qui accourt avec ma mère.

En moins de deux, mon oncle a raconté son histoire. Mais le roi, lui,

n'en croit pas ses oreilles. Il se tourne vers moi, l'air de demander si son frère ne serait pas tombé de son oisours... sur la tête. Il faut bien que je m'en mêle :

— Non, c'est vrai, papa.

Aussitôt, ma mère laisse échapper un petit cri et se jette sur moi.

— Pauvre chérie, pleurniche-t-elle en vérifiant si j'ai encore tous mes morceaux. Je le savais aussi qu'il ne fallait pas pique-niquer toute seule !

Bon ! Je ne pourrai plus mettre le nez dehors sans un garde. Quel ogre bavard, cet oncle ! Si ma mère pouvait me lâcher, j'irais le mordre ! Et puis, où est-ce qu'il s'en va comme ça, en complotant avec mon père ? Avec sa mine la plus royale, ce dernier se tourne vers nous et annonce :

— Je monte dans la tour du sud. L'heure est grave. Nous devons alerter la population. Il n'y a pas de risque à prendre avec ça.

En haut de la tour du sud, notre grand savant, Scio, a installé une machine à lancer la voix partout. Grâce à celle-ci, la nouvelle de ma rencontre retentit bientôt dans le royaume entier.

Bien sûr, mon père ordonne à tous et toutes de rester calmes. Sauf que lui ne l'est pas du tout. Sa voix tremble et devient criarde. Il demande même aux parents d'enfermer leurs enfants à la maison.

Ah ! non ! Je me lance dans l'escalier de la tour du sud. Mais

51

ma mère me rattrape et... m'enfer-me dans ma chambre!

Maintenant, je ne peux qu'aller à ma fenêtre de la tour du nord et regarder les adultes courir dans les rues de Ficti. Plusieurs se tiennent la tête à deux mains. On pleure, on crie. Mais on obéit aux ordres du roi: tout le royaume doit être fouil-lé, tous les trous doivent être bou-chés!

Des ogres partent survoler la campagne à dos d'oisours. Les yeux derrière des lunettes fouineuses, ils emportent de grands filets. Comme ça, ils pourront attraper les nu-mains, s'il s'en présente.

J'espère que Filip est retourné chez lui. Je n'aimerais pas le voir au fond d'un filet...

* * * * *

Deux jours ont passé. On n'a retrouvé aucun nu-mains. Et on est certain d'avoir bouché tous les trous. Dans les rues, les gens marchent plus calmement. Ça leur fera du bien. Parce qu'on peut dire qu'ils se sont énervé le poil des jambes, ces dernières heures. Surtout les ogres! Et tout ça parce que j'ai rencontré un petit nu-mains!

Et qu'est-ce qu'ils en savent, eux, des nu-mains? Presque rien. Deux ou trois choses que racontaient leurs arrière-grand-mères... Puis, maintenant que c'est fini, ils vont se dépêcher d'oublier ça.

Pas moi! Tout à l'heure, mon père va remonter dans la tour du sud. Il permettra aux enfants de sortir librement. Et moi je vais courir chez le sage Filo.

Chapitre 7

Les livres du sage

Le vieux Filo possède une biblio-thèque extraordinaire. Les étagères sont si hautes qu'il faut de longues échelles pour grimper jusqu'aux derniers rayons. Et les livres sont si lourds qu'on ne peut les descendre sur les tables qu'avec un système de poulies très compliqué.

Filo a trouvé cinq ouvrages où il est question des nu-mains. Des livres très anciens. Il y a longtemps que personne ne s'intéresse plus aux mondes étranges.

Les nu-mains représentés sur les vieilles gravures ne ressemblent pas tellement au mien. Bien sûr, eux aussi ont les mains nues. Mais Filip, lui, n'avait pas l'air si méchant.

Et c'est ça qui est bizarre. Parce que tous les livres s'accordent pour le dire : les nu-mains sont terriblement méchants.

— Ils ont des baguettes magiques, annonce gravement Filo.

— Filip m'a dit qu'ils n'en avaient pas !

— Les nu-mains sont menteurs, petite. Ils ont forcément de telles baguettes. Sinon, comment cet enfant aurait-il pu t'en parler ?

— C'est vrai ça...

— Et tu sais à quoi servent ces baguettes?

— À faire apparaître ou disparaître des choses?

— Pire encore! s'exclame Filo en pointant le doigt sur un paragraphe de son grand livre. Si j'en crois ces lignes, les nu-mains venaient jadis beaucoup plus souvent au royaume de Saugrenu. Ils avaient toutes sortes de trucs pour attirer nos sujets dans leur monde. Et là, d'un coup de baguette magique, ils les transformaient en personnages de livres. Ils les enfermaient pour toujours dans ce qu'ils appelaient des «contes de fées». Horreur et maléfice! Dis-moi, mon enfant, le petit nu-mains t'aurait-il soufflé mot d'une telle chose?

— Mais oui! Mais oui, je me souviens! Il m'a dit qu'il croyait que les fées n'existaient que dans les livres.

— Terreur et abomination! lance le vieux lutin. Ça confirme ces écrits!

Moi je commence à voir plus clair dans cette histoire. Mais si peu. Les livres de Filo me déçoivent. Finalement, ils n'en disent pas beaucoup plus que les arrière-grand-mères... Alors, j'essaie de me souvenir de tout ce que Filip m'a raconté. Et soudain je me rappelle la plaquette de... de contrôle...

— Mais oui, ils ont des baguettes magiques! que je m'écrie. Des baguettes à boutons... Et s'ils peuvent nous transformer en personnages, ce doit être grâce à leurs télévitrons!

— Télévitron, dis-tu? C'est curieux, je n'ai vu ce mot dans aucun de mes ouvrages savants.

Peut-être... Peut-être que les télévitrons n'existent même pas, après tout. Peut-être que Filip a inventé ça pour m'attirer dans le trou. Pour me faire traverser dans son monde. Et m'enfermer dans un livre, pour toujours.

On peut dire que je l'ai échappé belle!

Mais comment ai-je pu être aussi bête? Moi, une princesse! Moi, si sage, j'ai failli suivre un inconnu... Un inconnu qui se promenait les mains à l'air!

Pourtant, je savais qu'il était cruel. Il m'a lui-même avoué qu'il mangeait des animaux!

Et avec tout ce qu'il m'a dit sur les siens, j'aurais pu me méfier un peu.

Quand j'y pense !

Des gens qui voyagent à l'intérieur de boîtes magiques... Oui, magiques ! Car il n'y a que la magie qui puisse faire avancer les objets tout seuls. Dans un nuage de fumée, en plus !

Des gens qui se régalent d'une boisson tellement dégoûtante, qu'ils ne lui ont pas trouvé d'autre nom que « le laid ».

Des gens qui ont des plaquettes à boutons pour faire apparaître et disparaître les choses. Ou les personnes !

Et quoi d'autre, encore ? Je préfère l'ignorer.

Ces gens sont des monstres! Et moi, j'allais me jeter dans leurs griffes. Comme une idiote!

Chapitre 8

Mon livre

Quelques lunes ont passé depuis que j'ai rencontré Filip.

Le jour même de sa visite, des ogres et leurs oisours ont roulé une énorme pierre contre le chêne, bouchant la sortie de son tunnel.

Sans doute, quelques centaines d'années passeront avant qu'un autre nu-mains réussisse à venir à Saugrenu.

J'ai bien réfléchi à ce qui m'était arrivé. Et j'ai écrit ce livre. Parce que je veux mettre en garde mes amis, les enfants fées, sorcières, ogres et lutins. Et aussi, parce que je veux laisser un témoignage. Un témoignage qui aura sa place dans la bibliothèque du sage Filo.

Après tout, je suis peut-être la seule saugrenusienne vivante à avoir rencontré un nu-mains, en chair et en os.

Ça m'excite beaucoup quand j'y pense. Mais, en même temps, ça me rend un peu triste. C'est vrai. J'avais là une chance extraordinaire de connaître enfin toute la vérité sur les nu-mains. Et qu'est-ce que j'ai appris de nouveau ? Pas grand-chose.

Souvent, mes promenades m'a-
mènent au grand chêne. À chaque
fois, je descends de mon oisours et
je vais me blottir contre la grosse
pierre qu'on a mise sur le trou.

L'oreille collée au roc, je m'imagi-
ne tout ce qu'il y a en dessous, au
bout du tunnel. Ce monde que je ne
connais presque pas. Ce monde que

je ne verrai jamais. Parce que, même si je pouvais déplacer la roche, j'aurais maintenant trop peur d'y aller.

Moi, Lia, j'ai rencontré une créature que l'on croyait inventée de toutes pièces, depuis des siècles! Et la seule chose que je puisse affirmer, c'est qu'elle existe.

Pour le reste, les zotos, les zavions, le laid, la viande, la télévitron, est-ce bien vrai? Et surtout, est-ce bien vrai que les nu-mains sont si méchants?

Je sais bien qu'il ne faut pas se fier aux apparences, mais Filip avait l'air gentil. Un monstre peut-il avoir l'air si gentil? Je ne sais pas. Et plus le temps passe et moins j'arrive à croire que ce petit garçon m'aurait vraiment donné un coup de sa baguette magique.

C'est peut-être pour ça que j'ai gardé mon nouveau secret jusqu'à ce jour. En effet, je n'ai encore dit à personne que j'ai trouvé un trou. Un trou beaucoup trop étroit pour laisser passer un nu-mains, mais assez large pour y laisser tomber mon livre, aussitôt qu'il sera prêt.

Des fois, je me dis que je vais perdre un exemplaire de ce livre pour rien. Tous les trous ne mènent pas dans un autre monde. Mais, le plus souvent, je rêve qu'un nu-mains va trouver mon témoignage et qu'il le fera lire autour de lui.

Peut-être qu'ils riront là-bas, parce qu'ils ne sont pas si méchants que ça. Ou peut-être qu'ils riront, parce qu'ils sont encore plus méchants que l'on pense. Si c'est le cas, je veux leur dire une fois pour toutes que ce n'est pas bien d'enfermer les fées dans les livres!

Et puis, qu'ils n'essaient pas de revenir! Le dernier petit trou, je le ferai boucher lui aussi; dès que j'aurai jeté mon livre dedans.

Parce qu'on ne sait jamais...

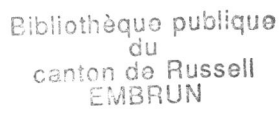

Table des matières

Chapitre 1
Le trou 11

Chapitre 2
Les zotos 21

Chapitre 3
Le laid 27

Chapitre 4
L'invitation 35

Chapitre 5
Sauvée de justesse 41

Chapitre 6
Ficti en détresse 47

Chapitre 7
Les livres du sage 55

Chapitre 8
Mon livre 63

Mot de l'auteure

Danielle Simard

Qui a écrit ce livre?
Lia ou moi? J'ai le goût
de raconter que c'est Lia. Que j'ai trouvé son
livre dans ma cour, au pied du grand peuplier,
juste au bord d'un petit trou...

Mais je vais dire la vérité: c'est moi qui
l'ai écrit. Sauf qu'une Lia invisible me
soufflait les mots à l'oreille. Ça, je l'aurais
juré.

Alors, c'est Lia ou moi?

Il faut dire que j'ai la tête
pleine de trous. Des trous qui
mènent à Saugrenu et à toutes
sortes d'autres endroits. J'aime
bien écrire ce que je découvre quand je voyage
dans ma tête. Parfois, je dessine aussi. Mais
n'allez pas croire que ma tête soit spéciale.
Non! La vôtre aussi est pleine de merveilleux
trous. Au fait, les avez-vous trouvés?

Mot de l'illustrateur

Philippe Béha

J'ai eu bien du plaisir à illustrer **Lia et le nu-mains**, car croyez-le ou non, je connais très bien le royaume de Saugrenu. Avant que les ogres ne bouchent tous les trous, j'avais mon passage secret et y allais très souvent en visite.

Comme mes mains sont toujours pleines de couleurs, je ne passais jamais pour un nu-mains, mais plutôt pour un drôle de lutin. Je n'en garde que de merveilleux souvenirs, avec un seul regret : celui de n'avoir pas eu la chance de faire un tour à dos d'oisours.

Dans la même collection

Bergeron, Lucie,
Un chameau pour maman
La grande catastrophe
Zéro les bécots !

Boucher Mativat, Marie-Andrée,
La pendule qui retardait
Le bulldozer amoureux
Où est passé Inouk ?
Une peur bleue

Campbell, P.A.,
Kakiwahou

Comeau, Yanik,
L'arme secrète de Frédéric

Gagnon, Cécile,
L'ascenseur d'Adrien
Moi, j'ai rendez-vous avec Daphné
GroZoeil mène la danse
Une lettre dans la tempête

Gagnon, Gilles,
Un fantôme à bicyclette

Gélinas, Normand,
La planète Vitamine

Julien, Susanne,
Les sandales d'Ali-Boulouf
Moulik et le voilier des sables

Mativat, Marie-Andrée et Daniel,
Le lutin du téléphone
Mademoiselle Zoé

Sauriol, Louise-Michelle,
La course au bout de la terre
La sirène des mers de glace

Simard, Danielle,
Lia et le nu-mains

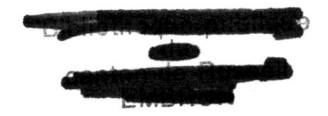

PAYETTE & SIMMS INC.
À SAINT-LAMBERT (Québec)